海洋鄉愁

——楊淇竹詩集

「含笑詩叢」總序／含笑含義

叢書策劃／李魁賢

　　含笑最美，起自內心的喜悅，形之於外，具有動人的感染力。蒙娜麗莎之美、之吸引人，在於含笑默默，蘊藉深情。

　　含笑最容易聯想到含笑花，幼時常住淡水鄉下，庭院有一欉含笑花，每天清晨花開，藏在葉間，不顯露，徐風吹來，幽香四播。祖母在打掃庭院時，會摘一兩朵，插在髮髻，整日香伴。

　　及長，偶讀禪宗著名公案，迦葉尊者拈花含笑，隱示彼此間心領神會，思意相通，啟人深思體會，何需言詮。

　　詩，不外如此這般！詩之美，在於矜持、含蓄，而不喜形於色。歡喜藏在內心，以靈氣散發，輻射透入讀者心裡，達成感性傳遞。

　　詩，也像含笑花，常隱藏在葉下，清晨播送香氣，引人探尋，芬芳何處。然而花含笑自在，不在乎誰在探尋，目的何在，真心假意，各隨自然，自適自如，無故意，無顧忌。

　　詩，亦深涵禪意，端在頓悟，不需說三道四，言在意中，意在象中，象在若隱若現的含笑之中。

　　含笑詩叢為臺灣女詩人作品集匯，各具特色，而共通點在於其人其詩，含笑不喧，深情有意，款款動人。

　　【含笑詩叢】策畫與命名的含義區區在此，幸而能獲得女詩人呼應，特此含笑致意、致謝！同時感謝秀威識貨相挺，讓含笑花詩香四溢！

序

　　寫作《海洋鄉愁》，完全感謝好友陳怡君與其先生佐藤元狀的鼓勵。談論至生態環境，怡君有聊不完的話題，原本只是關注在動物，如關於食用動物肉品的危害上，嗣後逐漸涉獵許多環境保護的問題，其中海洋生物便是重要的一環。

　　《藍色任務》（*Mission Blue*）是我初期接觸的紀錄片，影片的水藍深海印象極為深刻，圍繞在生態學博士席薇亞·厄爾（Sylvia Earle）[1]長年對海底環境與生物的保護。影片中訪問

---

[1] 席薇亞·厄爾博士一生經歷豐富，多重職務擔綱表現出她對海洋生態的熱情和關懷，跨足海洋學家、探險者、作家與演講者之間，以倡導她作為研究學者的訴求。目前擔任國家地理學會（National Geographic Society）常駐探險家，過去曾擔任NOAA首席科學家，深海勘探研究公司（Deep Ocean Exploration and Research, DOER）創始人，創辦席薇亞·厄爾聯盟（S.E.A.）之「藍色使命」（Mission Blue），Harte研究所顧問委員會（the Advisory Council of the Harte Research Institute）主席等多項職位，並參與2014年Netflix電影《藍色任務》（MISSION BLUE）的拍攝。撰寫過200多篇科學、科技、通俗文章與論文與13部著作，也到訪90多個國家演講。

到厄爾博士或其他保護專家，他們熱忱鼓動我撰寫詩作的動力。他們口述的內容，無論是隱喻或比喻時常充滿了詩意，如用以形容過度捕撈的海洋，從荒蕪的沙漠，空無一物，成為我解讀資本主義底下漁業產業的過魚（Surexploitation）現象之聯想。我從紀錄片開始，打開了對海洋漁業的關心。順著紀錄片的議題，連結到塑膠對海洋的汙染、北極熊生存問題，或是漁業市場的消費觀。

然而，關懷環保議題並非在我寫作《海洋鄉愁》才萌芽，早在大學時代，就已經參訪過位於國立海洋大學的基隆市海洋保育協會。同時，大學畢業論文也朝著分析當代的環保文學為趨向，文本研究包含小說、詩和散文，因此留下《論八〇年代台灣的環保文學──以宋澤萊的《廢墟台灣》為主場域》的著作。原本對大學生活沒什麼特別感觸，現在回想起來卻覺得意義非凡。

每段寫作過程，都是我對生命經歷的一種重回。自從寫作《森》，面對人生低潮與跌宕就有了全新的觀看視角。特別在書寫感情處理的部分，已有比較多空間發揮。面對現在、回顧

參考資料來自https://missionblue.org/staff_member/sylvia-a-earle/。更多關於厄爾博士的人生歷程，可參考網頁：https://achievement.org/achiever/sylvia-earle/

過往，重回代表了走回傷痛的原點。到了去年淡水國際詩歌節結束，才開始有沉澱時間回顧過去，也有一些外在機緣，才得以重新回顧此段年少輕狂。巧合的是，環保議題竟變成連結我過去的時間線與海洋學者推動保育的時間軸，貼近我閱讀環保文學觀察台灣環境的現實。

當我開始正視海洋議題的時候，才發現僅只能看著環境快速走下坡，而無法及時進行任何補救。無能為力的焦慮讓整段寫作過程處在極度悲傷的狀態，所以《海洋鄉愁》耗費相當多心力在把低落的情緒困境轉成詩文。相較於《森》，書寫變成冗長卻無法停止之時間牢籠。寫作，時時刻刻督促我前行，再往前多看一些眾人根本不在乎的社會現實。

慶幸的是，我終於完成90首海洋保育主題的詩作，走出了原點，生命應該如同席薇亞·厄爾等環保意識先驅者，極盡所有努力迎向陽光。即使目前海洋保育在許多國家不受重視，但是她創立的組織「藍色任務」（Mission Blue）並不因拍完紀錄片而終止行動，反而更積極推動希望點（Hope Spot）的保育工作。現今勞力士（ROLEX）贊助保育計畫的網頁上，已載錄了該組織行動的完整華語版說明[2]，可以做為進一步瞭解生態

---

[2]　相關資訊可參考https://newsroom.rolex.com/zh-hant/world-of-rolex/perpetual-planet/mission-blue/mission-blue。

保育的藍圖。寫詩，是反應社會現實諸多不滿，我能感同身受
海洋紀錄片拍攝動機，藉以《海洋鄉愁》作為回應並喚起更多
的重視。

目次

權利
——給海洋科學家

魚

碧藍海水悠遊在
魚群戲耍
小魚吃海草
大魚吃小魚
和諧
共存

資本主義
深入魚群中
把闇黑
染了水色幽暗

此刻白天
獵殺血腥浮出了
海面
魚吐出最後一口
吶喊
意外在

漁工的嘴
相互
共鳴

淚與海

是誰
夜半或白日
持續哭泣？

海洋的鹹
混和
魚群哀鳴
苦味依隨波浪
載浮載沉

大型拖曳網
圈住海洋
大大小小生物
捕撈上岸
漁工
揀選與丟棄
非資本市場的物種

受傷的魚
驚慌游回老家

是誰
夜半或白日
不斷哭泣？

海底深處回聲
記錄了
過去、現在
絕望的生態不平衡

二氧化碳

二氧化碳在空氣
遊蕩

野火燒林
助長了他們的代代相傳
多，再多一些

人捕撈鯨魚
也有大量魚貨
上岸
錢錢錢背後效益
人笑了起來

海洋吸納二氧化碳能力
從一座飽滿的林地
到焦黑枯樹
毫無動靜

二氧化碳得意
笑說
以後都是我的天下了

自由

無數漁網
網羅
大魚小魚自由
開啟
市場血腥宰殺

魚
努力掙扎
往海底深處
他們向漁網另一邊
流淚今生
他們和未被抓同伴
告別自由

浪

浪
捲起嬉戲
衝往
岸邊，來來回回
隨潮流邊玩邊跑
一群又一群
跳在此岸
彼岸

無心捲來塑膠垃圾
驚動社會的
眼

網

資本主義
製作巨大無比的網
妄想此次
出航
獲利堆疊高樓的鈔票

網，網住如教堂的高樓
把海洋
全部拖回岸
漁工揀選分類
不停工作

我聽見
無數生命哀號
來不及
長大

資本獲利者
細數血腥鈔票
繼續
出航……

盤中魚

無論煎煮烤炸
魚的最終
充滿了無辜
未闔眼
他不知道何去何從
就被資本主義
捕撈上岸
未闔眼
市場利刀剖除內臟
生命寂然靜止
血腥瀰漫
未闔眼
身體灑滿醬料
蔥、薑、鹽、醬油
饕客迫不及待

一口一口
吃盡
大海的哀愁
一口一口
吐出
笑容的喜悅

生魚片

魚
尚未端上桌
大批屍體
橫躺在地
等待等待秤重
商人穿越
一隻隻
無助的眼神
是生是死？
他眼裡
填滿了鈔票

一刀一刀
小心翼翼解剖
鈔票迷人的閃光
由皮滲進骨
順著刀緣
流出鮮甜的滋味

大塊大塊分裝
俐落
運送到下一站

冰凍與解凍之間
鮮甜
把魚外表畫得
美麗
粉紅、雪白、鮮紅
每一口
斤斤計較的厚度
吐出饕客
滿足又得意
華麗餐桌燈飾
發光　資本主義
消費
消費
消費

中產階級　　甘願
上班
上班
上班

生魚片
又一盤擺盤精緻
筷子的慾望
逃不出資本主義
縝密勢力

寄生蟲

寄生蟲
有什麼好怕？
即使
桌上的生魚片

微小蟲卵
逃離人的視力
繼續孵育他的生命

急速冷凍底下
無論聲音多大多小
都靜止在魚肉
裡裡外外

降溫後
是生是死，沒人在乎
一同準備
孵化的可能

氣溫

溫室效應，把
地球
毫無預警
調高了溫度

無風無雨
夏季
大地乾枯炎熱
人都難受
躲在冷氣房

風平浪靜
午後
海水熱度異常
魚群難受
躲在深海中

迎接
酷暑襲來的

監牢珊瑚

水底下的珊瑚
沉默
即使看見
任何汙染物
飄來飄去

水底下的珊瑚
沉默
即使感受
魚逐漸失去
覓食空間

水底下的珊瑚
無言
不斷隱忍
水域重金屬
悠遊肆意

水底下的珊瑚
無言
不斷接受
壽命一年年
加速遞減

珊瑚浮出了水面
供在玻璃櫃
千萬年的骨頭
輝映
玻璃櫃外
財富地位的肉身

永凍冰層

科學家尋找到千萬年
永凍的遺跡
冰層脆弱
氣溫太高
只留下
冰川融化後的殘骸
剩下北極熊哀鳴

冰原底下
時間暫停世界
將
改變食物鏈
生物，看不見微小菌種
悄悄
細胞複製

遺跡，冰化作水
海洋升高了溫度
永凍冰層，一處幻想家園
變成
北極熊
永恆的思鄉
永凍殘骸，一處細菌樂園
打開
新菌種
復甦的世代

海龜

海龜沒有了食物
只好吞
像食物的塑膠
飢餓失去敏銳的判斷
原本幾百歲壽命
頓時
跟人類短命
塑膠，隨便丟
海水無言
照常潮起潮落
捲到海洋的東岸
捲到海洋的西岸
像
玩丟接球
塑膠拋來拋去
被辛苦活命的海龜
撿到
他

啃食眼前的食物
啃食人類的發明
他
妄想眼看海水湛藍
闔眼之後
也跟塑膠一同
拋來拋去

北極熊

陸地逐漸縮小
北極熊每年生日許願
更大更廣闊的家，希望
明年甦醒之後
有抓不完的食物

冰川冰河聽不見
北極熊的願望
順著溫度溜下更寬更巨大
海洋
冰山逐漸消退
陽光融在水裡

眼睛睜開
能走地方又變狹窄
要再游遠一些
遠一些

肚子消瘦讓身體無力
我想吃……吃……

風吹動
滄桑　北極熊毛色
冰川流淌
又急又快
呆滯眼神望向水
尋找
尚未絕跡的鯨魚

保育森林？還是海洋？

森林大火的新聞
世界關注
　　如何滅火
　　　　拯救林木
　　如何育種
　　　　創造再生
商業捕魚船隻行走海洋
不眠不休

又持續報導
減碳行動，吃素食
健康有益地球減碳
節約能量，推綠能
降低碳量排放汙染

繼續憂心減少的樹木
淨化環境力
下降

碳啊！二氧化碳排擠氧氣
成為無形殺手
當人類殺了
千千萬萬的海洋物種
他不知道
海底生態吸納二氧化碳
遠遠超過森林

商業捕魚船行走海洋
不眠不休
他要全世界消費

商業捕魚船拋下
節能減碳、素食主義
激進傾銷
　　　低廉的
漁獲

冰原

冰原，逐漸甦醒
冷凍即將改變
他要流向
大海
溫暖日照
去人類營造的溫室
走進
不同地域的吵雜
聽驚聲恐懼的
海水倒灌
看狂風暴雨的
災難各地
物種滅絕與循環
他冷然
依隨地球反覆上演

減碳行動

不斷鼓吹
減碳，零廢料能源
開啟綠電生活
已開發國家購置
新科技
開發新能源
看起來
完美無瑕的乾淨

人卻仍舊
開採大量原油
燃燒更多重工業
耗盡地上水下資源
並，高傲說
美麗家園
堆砌無汙染生活
優質享受
愛地球
減碳行動

動物園

北極熊
舒適好生活
不必擔心覓食
不必擔心融冰
遮風避雨
新家園

餵養
熊的好胃口
餵養
人的好奇心
遊客進進出出
觀看野生熊
凶猛又溫馴

不屬於北極的冰雪
玻璃圍牆隔絕
人的私心

私慾
與狹小空間的
贗品屋

盟友

人自以為聰明
想要榨取
就能獲得
資源
更多更多
運輸越來越發展
汽車越來越便利
航班越來越密集
全部
仰賴原油
再多再多

高科技儀器
搜尋
哪裡有油哪裡去
海洋底層
豐富原油閃亮亮吸引
石油公司

開挖探勘油井
數鈔票的樂趣
航向海域
更深幽暗的底層

沒有美麗童話的人魚
只有現實資源
醜陋鑽井平台
連接
從龍宮發出的訊號
奇珍異寶兌換
動力
火車汽車飛機
飢餓眼神望向石油

海洋不再神秘
他是人的盟友
金援

金援
金援
還要再更多

汙點

人在他的歷史
汙點
一直存在
無論使用什麼高科技
他想改變
依舊
留下了生態痕跡

漏油事件

墨西哥灣爆炸
2010年4月
我還來不及關注
海洋底層
原油
浮出水面
吶喊
人類的貪婪

當我正視消息
已到13年後
電視播放紀錄片
向我的青春
招手
鑽油平台無視災害
跨越時間
興建
利潤海域

人類渴望
雙腳無法到達之地
飛機
汽車
太空梭
燃油加速燃油
飛快，飛快
比鳥還厲害

鑽油平台管線破裂
大爆炸一刻
沒有驚嚇人的探索慾
油汙漂流海洋
飛鳥
生態耗盡前夕
吐出
生命短暫的遺憾

人越是長壽
歷史事件越是容易遺忘
海域鑽油平台上
現今飛鳥停駐
是否是
倖存者的後代？

油汙的鳥

手上的鳥
沒有血淋淋獵殺
鳥快無法呼吸
振翅振翅
無法擺脫黏膩
黑油
糾纏羽毛細縫
甩不開

錯誤
印在鳥身上
啊，永恆
洗不掉的傷痕！

離岸風機

進步再進步
擷取綠能的自然
離岸風機啊！你的使命：
當風離開
留下電力給人
迴圈迴圈再一次
碩大葉扇轉動
能源
源源不絕收集
噪音
洋底為你掩埋

使命結束
你的存在將是麻煩
垃圾垃圾
被貼上新標籤

事件

事件一開始
烈火
破碎在鑽油平台
載浮載沉
甲烷充斥的海面
燃燒，燃燒
人類慾望
人類錯誤
人類無知

事件經過幾日
黑油
自海底擴散水面
肆意游動
染色湛藍的水波
窒息，窒息
鳥類本能

鳥類食物
鳥類自由

事件歷經好幾年
墨西哥灣油汙是否
還被記得？
人的開拓野心是否
還被歌頌？
資本主義當道年代
牟利，聚集更多
牟利

食物

冰原
每種動物
都向著氣候
吶喊
內心滿腹的
鄉愁

他們遷徙
再遷徙
往北再北走
尋找像原本
記憶的
家

為了繁衍
背負本能求生
到新的荒蕪冰冷
尋找棲息之所

夢中　藏身的鄉愁
依舊
暖烘烘

洋流

洋流
向東向西
向南向北
流動捲走垃圾
留下
乾淨的海灘

人製造塑膠
保麗龍
瓶罐
讓生活便利
垃圾埋在地下
燒進空氣
捲入海洋
環繞自居住四周

海洋太遙遠
遠得忘記

怎麼偷丟垃圾
都不會發現

洋流
捲走現時的債
還給更多
下一代

消逝

海洋正在消逝
卻不見
人
　　消逝

慾望走在魚市場

叫賣的魚市場
少了漁船航行的危險與浪花
熱熱鬧鬧
兜售
滿載漁獲
燈火一盞盞
吸引饕客上門

走在
　　　魚市場
只想看好奇價值多少
魚腥味已經去除
乾淨魚攤
難以聯想
魚死命掙扎
漁人死命拉網
現在
雙方戰場平息久遠

資本主義的釣線
吊起一顆顆
上門買魚的慾望

魚蝦螃蟹再多的物種
販賣吆喝
海鮮多吃　　多吃海鮮
燈火一盞盞
點亮
一盞盞燈火
卻讓海洋更加
幽暗寂寞

權利
——給海洋科學家
席薇亞・厄爾（Sylvia Earle）博士

席薇亞站在最高殿堂

想說出

海洋生態困境

可惜

環環扣住的權利

讓她無法出聲

背後利益

吞噬

發言權

她拍了拍

華服

走下台階繼續沉浸

海洋的

無爭

人與鯊魚

摹寫
恐怖貪食尖牙神秘
所有恐懼
寄託
一隻巨鯊的出場
電影驚悚
上映

利刀
貪婪割去一片片魚鰭
嘶吼聲浪
混和
血腥與半條命
丟回大海
求生

眼前魚翅料理
張口露出的大牙訴說

鯊魚有多可怕
一張張驚恐的臉
是魚？還是人？

來自海底的聲音

吼叫
頻率穿越人的耳朵
沒有接收
來自海洋底的聲音
小鯨魚
困住塑膠袋
無法動彈

往前往後
勾住袋子的身軀
擺脫不了惱人束縛
夜夜吼叫

誰來幫幫我？
誰來幫幫我？

擱淺的母鯨魚
吐出最後一口氣

肚子裡纏繞的塑膠
大聲吼叫

誰來幫幫我？
誰來幫幫我？

塑膠生活

走進超市
水果、蔬菜、肉品
通通包裝入
完美塑膠裡
好分類
好整齊
塑膠把貨品架上
擺放整齊
來來來
消費
販賣新鮮的
每一日
塑膠盒塑膠袋塑膠包膜
便利袋回家
完好無碰撞
超市小心保護人
無法受傷的
心靈脆弱

煮完一餐飯
塑膠進回收箱
疊起高包裝
消費
袋子丟棄
盒子回收
寶特瓶鐵鋁罐玻璃
軟質塑膠
回收處理廠
沒時間沒時間
大量空罐塑膠袋亂飛
廉價工資
廉價空間
誰沒有想過
也不知道
資源是否再利用了？

我只看到
淨灘員一包又一包
海洋垃圾
處理心酸酸

塑膠，丟出
都市人的心
塑膠，飄入
海洋人的家

禁止禁止禁止
手搖飲料塑膠罐
禁止禁止禁止
一次性塑膠餐具

窒息

薄膜保鮮膜
好輕易
包裝生鮮食材
好乾淨
處理剩餘食物
隔絕空氣
安心蔬菜水果
卻給環境
製造
窒息的汙染

塑膠微粒（一）

海灘
不尋常的沙粒
滯留

他看起來
圓粒粒
輕飄飄
被風吹散也聚集石頭縫隙
白色明顯亮於淺褐沙子

他是遺棄孤兒
來自人類的世界

填充的塑膠微粒
被命名
漂流海邊停留沿岸
碩大面積
塑膠

偽裝成生態的成員
提醒生父母
別忘
他的存在
時時
刻刻

塑膠殼

不尋常的外殼
來自
哪個塑膠罐？

寄居蟹珍寶
家
卻奇妙的
跛足　　跛足
向前

透明

海水
湛藍得
透明
魚游來游去
視線廣闊
塑膠
也晶亮
透明
與魚游來游去

塑膠袋意外
網住魚
他不是漁夫
沒有心機
卻讓海中生物
以為
他
不曾存在的
透明

塑膠微粒（二）

懸浮塑膠微粒
海洋中
四處遨遊
輕盈偽裝浮游生物
新世紀的
存在

小魚大魚
爭先吃新菜色
人也不猶豫
吃著自己的發明
咧嘴一笑

生命

人類創造了生命
長壽
活永久
無論在何處
即使碎裂
即使焚毀
即使土埋
微粒
處處圍繞在
生活

他名叫
塑膠

任何形式
硬殼
軟質
微粒

巨大
丟也丟不掉

最終
漂浮在
空氣
水中
聚集或分裂
不斷
進行
外部整形

世代（一）

無論新生
世代在時間輪替
沒有停止

人的空間被塑膠包裹
非常美妙
超市的瓶罐整齊
排列堆疊
向永不熄滅
慾望
餵養精力
塑膠袋包滿新鮮
有機履歷蔬果
從農場
直達眼前
不用擔心生病
此刻

無論新生
人健康地被保護

時間依舊輪替世代
沒有停止

死亡終究到來
他們留下來的塑膠
新生世代
努力想
如何處理減碳
努力想
如何再生資源
即使新生
少得可憐

時間留下來的塑膠
一噸一噸
不斷提醒新生
居住
與垃圾
緊緊相鄰

聲音

海嘯怒吼
驚起
大浪席捲

海洋聲音
人
是否聽見？

災害持續
失控的氣候變遷
人還在
努力消費

沉睡

洋流，靜靜向前
無邊際的海水
依循時間
前進
塑膠微粒寂靜中
沉睡
無風無雲
天空湛藍
小魚爭奪食物
驚起波浪
聲響
無論何時
塑膠微粒不會醒
任魚類吞噬
重回陸地
再返歸海洋
不間斷

呼吸

我呼吸
你呼吸
它也呼吸

氧氣，我們需要
氧氣
二氧化碳
誰來處理？

丟給森林
丟給海洋
怪罪動物太多
怪罪植物太少
造林造林
可是溫度太高
森林大火
二氧化碳回歸大地

惡性地
怪罪怪罪

我呼吸
你呼吸
它也呼吸

人總是喜歡把錯
怪怪怪
朝向任何事物

塑膠王國

塑膠堆起的城牆
高聳
縝密將人包得乾淨
包得透明
包得便利

輕易處理生活
美好再美好
保鮮再保鮮
塑膠王國無寄生蟲感染
蔬菜魚肉水果
當地直送
包裹人生
一個個的幸福假象

焚化廠的煙

燃燒的煙
宣告
今天你製造多少垃圾
一周你丟棄多少塑膠
每月你不需多少廢物

包裹垃圾從
一處又一處
家屋
到垃圾場
分類資源再造
有限
最終和垃圾
送進焚化廠的鍋爐
燃燒燃燒

催淚煙
飄向天空
落下成雨
流入土壤
流入河川
流入海洋

不屬於自然的
又從海洋循環到
人類的家
煙
一直燒
海洋想問：
什麼時候會有乾淨的雨？

告別

向海洋

告別

需要勇氣

走在島嶼的四處

都面臨

海

岸邊不速之客

霸占小島

海域

垃圾，沒有停止製造

不忍再繼續

遠眺

如此幽深沉痛

海水

永恆的鄉愁

葉子離開了樹
秋天
在幾公尺距離
思鄉

候鳥離開了家
飛行
在幾公里遷徙
回頭

海洋魚類游到何處
棲息
他們都抱著濃厚
鄉愁
奮力前行
離開沒有食物的礁堡
離開沒有庇護的洋底
思念

好幾代好幾代以前
無汙染的
家鄉

海

一波一波
浪花

深邃海藍
兒時的記憶
迎著風
走在美麗沙灘
探險
海貝散布
我與小螃蟹
霸道
穿越潮間帶

汙染海洋
何時
在我眼前
記憶的瑣碎
與散亂貝殼破片

衝向
泡水的腳

一波一波
浪花

渴望

秋刀魚在眼前
詩人想起了
愛人
默默獨自嚥下
憂愁
愛情啊，太匆忙
太突然
風流
寫許多詩篇給愛情
苦於無法相聚的現實
卻是另一位詩人
無法成就的團圓

佐藤春夫與谷崎潤一郎的
爭鋒相對
一個女人
可以是秋刀魚
可以是鮪魚

可以是熱情
可以是冷漠

在我眼前
無論是
秋刀魚或鮪魚
都埋藏了
哀愁
他們
渴望求生
渴望遨遊
渴望記憶的
　　　　　　故鄉

魚啊，擺脫加重的想像
不要有任何
下輩子的
渴望

思念

心，有一片海
不曾被汙染的群島
海豚鯨魚
恣意嬉戲玩耍
沒有石油田探測
沒有化工業生產
沒有生態捕獵者
一切
為了你留下
天氣在穩定中
春夏秋冬
我們將思念
埋在沙灘城堡
等待
　某天
被尋獲

高溫

初春季節

不冷不熱

你正等花開

四季亂了時序

花時常亂開

有時晚

有時早

有時開兩次

無法推測的季節

擔憂

去年夏季狂飆的高溫

海水還沒七月

比往年多幾度

一年年惡劣

我在河岸

觀看

水聲流過

你望向
樹懶的影子

春天
等待蜜蜂蝴蝶
授粉
你
等待記憶花朵
盛開
我
計算高溫日數
增加
　　與否

癌

毒瘤持續生長
長在
海洋深處
蔓延
汙染，重金屬

人需要的食衣住行
每日每日
耗盡土地資源
空氣、水、陽光
餵養
人類渴望
也餵養
毒瘤生長

癌
蔓延
人類身上

蔓延
海底深處

末日！末日！末日！
人悲憤
不斷吼叫

悲哀

魚市攤販叫賣
捕獲不少
價值魚種
秤斤秤重賣
我對望
他
他對望
我

他不想死，卻在等最終的死法
我不想活，卻遇上無法活的魚
生命悲哀
我是沒有選擇的魚
想回鄉
困難困難
海洋啊！海洋啊！
只能吼叫，在心

記憶海洋

清澈的水
冰涼與乾淨
是兒時記憶吧！
不知已經多久
伴隨海嘯、大浪與氣候變遷
往現實靠攏
海水竟然變危險
島嶼四周
無論往哪都被海包圍
危險把島孤立
我悲嘆
恣意遊樂的時光
尋不到
燈塔造景水晶球
　　　　　　　倒過來倒過去
海洋看起來
美好
　　永遠

記憶關在水晶球

　　　倒過來倒過去

美人魚

沒有王子、郵輪與賓客
華麗宴會
美人魚
跳
孤單舞步
轉圈轉圈轉圈
汙染在海洋
也
轉圈轉圈轉圈

即將
滅絕的傳說
巫婆藥罐失傳
龍宮美景不再
美人魚無後代
僅只
跳
孤單舞步
轉圈轉圈轉圈

鯡魚

大西洋乞沙比克灣
企業型漁船
來來回回
現在是鯡魚捕撈季
蕭殺氛圍
大型漁網一同拉起
百隻魚群世代
殲滅的生命
夾雜在
漁船機具運轉中

網羅魚隻
流進老饕的味蕾
嚥入豬隻的胃袋
身上魚油
加工一粒粒飽滿的
Omega-3

金黃色澤閃耀
健康的報導

捕撈再多一些
有用的鯡魚
過度獵殺
搶走鮪魚鮭魚食物
底層食物鏈崩壞
人類信仰的魚油神話
是否也一同
崩壞？

末世水域

無氧水域
讓魚群接連喪命
殺手二氧化碳
是誰放出來？
氧氣不見了
水平面下
光合作用消失
海水
讓浮屍的魚
死寂一片

魚油

好擔心
心血管疾病
每日一顆魚油
變成例行
大魚大肉餐宴
不用擔心
吃吃吃
吃下滿腹慾望
我作噁
吐出是你胃袋食物
胃酸半消化的菜肴
無論高油高熱量
全部送進
大小腸一起等待加工
血液黏答答
油脂啊！
妄想倚靠魚油來清除
充滿Omega-3的魚群

淪為人類求健康的依賴
捕撈捕撈捕撈
加工
一顆顆魚油從工廠出來
新鮮像活生生的魚
又開始進食
每日一顆魚油
變成例行
我訕笑你飲食文化
魚油
在手中
渴望的生命藥

大堡礁

美麗珊瑚群
已經石化
再回到澳洲保護生態禁地
卻沒有生態可以保護
我們看著空蕩蕩
洋底
毫無生氣

沒有魚
珊瑚失去生命
沒有珊瑚
魚失去棲息地
不知道何年何月
魚群
　　　離家出走
洋底接近死寂
珊瑚是失智老人
等待
兒子返家

海洋，空無一物

海洋
　　空無一物
海洋
　　依舊湛藍

風雨帶來
大波浪
無風無雨
漂小浪
水掩蓋了一切
沒有人知道
洋底發生了什麼

祕密祕密
不能說
過度的捕撈船隻
已走遠
他們帶走海洋資源

靜悄悄
沒有發生事情
生態在此
滅絕
魚的世代消失
耗盡了
所有生命的依存
寂靜，漁網不再有魚
漁船不再來到

海洋
　　　空無一物
海洋
　　　依舊湛藍
風雨帶來
大波浪
無風無雨
漂小浪

擱淺

夢想
擱淺在海邊
笑容
擱淺在沙灘

兒時快樂
迷失在大海浪
捕獲海洋的記憶
恍然才發現
早已枯竭
美好是海水短暫波濤
我在無人海邊
合影
塑膠垃圾

希望點（Hope Spot）

寄託
復育的未來
海洋保育人把脆弱
地景
納入時間緊急的保護點
鼓吹生態知識
呼喊海洋生物歸來
大型企業捕撈船
停止作業吧！
讓海洋休息
恢復完整食物鏈
讓海洋休息
打撈起塑膠碎片
讓海洋休息
別妄想洋底石油
殘破不堪的洋底
期待回歸原始
希望點，保育人呼喊的

新名詞
把希望關注海洋
從口耳中
傳送

磷蝦

企鵝捕魚
吃著祖先留下來的
傳統
突然有一天
捕食的魚
改變了
他們嘴裡咬
一口口的磷蝦
求生意志
在寒冷極圈
突破物種滅絕的
考驗

那人呢？
滅絕魚種是否也一直
苦惱吃不到？

五十年

五十年
時間不長不短
卻是海洋生態的斷層
五十年之前
珊瑚、水草、魚群
恣意優游
洋底色彩繽紛
點亮無光的寂靜
五十年之後
珊瑚、水草、魚群
紛紛絕跡
洋底黯淡一片
熄滅浩瀚的活力
五十年
時間不長不短
卻是人類現實的見證

多少個五十年
人類才知道醒悟？
海洋逐漸枯萎
時間
不曾為海洋
驚起一聲惋惜

世代（二）

世代交替世代
年輕人異常忙碌
沒時間吃
沒時間享受
沒時間休息
中年人異常忙碌
沒時間玩
沒時間運動
沒時間睡覺
老年人異常悠閒
沒時間醒
沒時間工作
沒時間花錢

海洋在沒時間關心
漸漸凋零
慷慨給予溫暖吧！
海洋，海洋

期待
時間停在你的生命
許多許多

死亡

細菌浮游生物
把水底氧氣用光
排出二氧化碳
死亡氣息
蔓延在出海口灣
水域
肥料，大量化肥
增加細菌生長
一代下一代再下一代
把供魚群的氧
全部吃光光
繁殖型態複製
接連複製
死水海灣
散播
魚的黑死病

海灣沒落

乞沙比克海灣曾經是
牡蠣故鄉
海水悠悠湛藍
清澈水流
牡蠣礁石上移動
他用身體本能
將髒汙海水淨化
留下令人驚豔美麗
生態海灣
逗留許多貝類魚蝦
19世紀尚未有覷覦的僻境

牡蠣飽滿被漁人發現
被商人發現
被大型資本主義工廠看中
大批捕撈船隻撈起
幾十噸幾十噸
牡蠣閃耀出黃金光彩

流入魚市場
流入餐飲店
流入罐頭工廠
工人竭盡力氣捕撈
把美麗也一同撈上岸
金錢金錢奪去了乞沙比克海灣
時間快速通過20世紀中

海灣
殘破不堪
野生牡蠣耗盡生命
留下病態現實
他們生病無法淨化水質
用一口氣，吞吐失散異地的
手足　　在何處
水質生病
魚類不再來
螃蟹病懨跛行

我在海裡

海水升溫
對我
似乎只有溫暖
戴上氧氣筒
無需顧慮呼吸的來源

魚卻喘不過氣
努力吸更多氧氣
看似升溫一度兩度
水中溶氧量困難
我感受逐漸下降的氧氣
海已不是以往的家
魚游向越冷的深水
代謝下降
氧耗下降
活命
困難重重

我吸著奢侈的氧
看著他們遠離
溫暖海水
缺少一口活命的
氧

氧

奢侈的氧
我在陸地
任意吸氣吐氣
不用擔心生存的危機

水裡的魚
時時刻刻擔心
水溫高低
氧氣
氧氣還夠不夠
不能擺動身體太大
但是汙染又來
氧氣瞬間減少
窒息
窒息魚的希望

奢侈的氧
我在陸地

任意吸氣吐氣
看到環境過度消耗
痛苦
窒息求生的本能

養殖魚

捕撈魚種　大量大量
只為價值秤重
鮭魚鱈魚黑鮪魚
一斤一斤
野生的物種
饕客貪婪的下肚
望在上游中游下游漁業經濟鏈
各個收到金錢
滿意滿意

等魚種瀕臨滅絕
企業漁船改捕其他魚種
一輪新鮮魚交替嚐鮮
饕客依舊貪婪的下肚
面臨昂貴魚缺席
商人想了養殖魚來填充吃魚慾望

一切為了饕客
一切為了經濟
一切為了滿意笑容

水產什麼都能養殖
鮭魚鱸魚海鱺魚
外加蛤蜊白蝦
圈養在海裡的定置網
商人有辦法
饕客仍舊貪婪的下肚
一直吃吃吃
造就漁產經濟輝煌

價格

盤子盛裝一條魚
他來自養殖
市場供需穩定
便宜價格夾在我筷子上
我們的世代
薪水薄弱可憐
能夾在筷子上
充滿了審慎思考
分析他的來歷
是否安全
調查他的價格
是否合宜
野生海釣魚的金額翻倍
綁在供需不平衡
漁網無魚，悲嘆
長年過度捕撈
魚的繁殖勝於人
卻葬送在漁網的經濟體

魚，悲傷地
為何身世被資本主義類歸
我，也悲傷地
為何勞動被資本主義類歸
最終盤中
僅剩冷掉半尾魚
怎麼吞嚥？

天空

飛機例行航道飛行

復甦經濟後

破除肺炎感染的時代

旅遊經濟大量推銷

燃油造就飛機每日飛行

觀光客迎賓的國門

人來人往

熱鬧

我走在空曠住家邊

望向天空

一架架飛機

劃過

燃油燃油燃油

美麗天空染上

一層一層汙染碳

觀光客開心

旅行業開心

天空心情的慘淡

直接落入土壤
深根
毫無關心

紐芬蘭漁場

鱈魚恣意遨遊
16到18世紀之間
北大西洋海域
是他們的家
漁人輕易用魚網撈起
一隻隻肥厚鮮美
消息傳開了
企業漁船進駐
歐洲強權
進行捕撈勢力劃分
海上霸權時代
無論是海洋或陸地
都能察覺他們覬覦的慾望
無止盡捕撈
人總是相信海洋
不會枯竭
20世紀中葉捕魚技術
遠遠超過一百年的捕獲量

漁人在高興
資本市場也開心
到了90年代，才嗅出不對勁
沒有魚腥味的海港
沒有出海捕魚的船
鱈魚就此消失
崩潰漁村
慘淡吹來寒冷的夜風

休漁期

無止盡休漁期
一年再延一年
加拿大紐芬蘭的小鎮
走入冰冷酷寒
無魚季節
比冬天還要恐怖
漁人離家出走
小村莊
剩下空蕩蕩屋子
空蕩蕩水域
冷清把漁人嚇壞
企業漁船從此
忽略地圖上黃金盛世
休漁期
休漁期
不要再打聽
鱈魚
何時回歸

鱈魚，你還會回來嗎

當大西洋鱈魚漁場崩盤後
市場用比目魚扁鱈充當
美味的取代
吃魚捕魚吃魚
循環未減
鱈魚消逝震驚了海洋科學家
他們無權改變飲食文化
卻大力呼籲
保育現有的資源
魚，照樣過度捕撈
下一次，或許輪到沙丁魚
枯竭從海洋生態蔓延
海龜、鯊魚、鯨魚
海水最終剩下
水藻水藻
以及更多的水藻

我看著圖片詢問

鱈魚
你還會回來嗎？
熟悉的紐芬蘭溫度
故鄉

漁人工作

遼闊大海成為詛咒
離岸與上岸之間
誰都不能保證
生命是否平安踏上陸地
勞累粗重的工作
反覆進行
海水波濤起伏
反覆進行
風雨不按時灑落
反覆進行

來不及長大

鱈魚長壽年齡
25歲
但少有活到老年
一百公斤體重
游在海水
2公尺身形
任何魚都有點膽怯
鱈魚什麼都吃
不挑食
消化不了口腔回吐出來
海水漂流木
可能是他胃袋的垃圾
時常來不及長大
來不及生育
隨漁船捕撈上岸
浮游在他身邊的小魚群
也沒能倖免
純白色外型，細緻肉質

油炸煎煮或曬成魚乾
身體每一部位
都妥善利用
鱈魚劣勢活在大西洋海域
他與他同伴
時常來不及長大
來不及生育
海的淺水深水
最後也
時常不見他們的身影

一缸海水

捕撈魚種趨近過度
資本主義的網
網住所有魚類的今生與來世
死亡就在離開水面
掙扎
沒有經濟價值的魚種
倖免游離了大網
水母一直漂浮
海藻繼續生長
一缸海水
靜置讓細菌迅速繁殖
魚逐漸消失
一缸海水
細菌、水母與海藻霸占
奪走生氣
幽暗走入他的歷史

慾望

石油被人類點燃了希望

他黃金般閃爍

反射了人內心慾望

無止盡

鱈魚擁有相同命運

無止盡

被捕撈料理成菜餚

美味停留舌尖上

閃動奢侈金黃光芒

慾望啊慾望

驅動發明的可能

竭盡把資源在今生享受

一百年時間快速

二百年……三百年……四百年之後

荒蕪土地與海洋

還剩下多少

慾望？

屠殺

種族滅絕
不知經過多少年
都無法遺忘
歷史總是清楚詳盡
無論是立場在哪一方
魚的屠殺歷史
是否也曾載錄其中
魚弱勢地位
失去水的保護
注定失去生存的機會
深水有天敵
陸地有天敵
上帝曾給他們大量繁殖的能力
遠遠勝過於人
卻不敵人的慾望

屠殺發生在人與人
征戰奪取利益

屠殺發生在人與魚
捕撈獲取利益
屠殺伴隨戰爭
伴隨發現新大陸
伴隨佔領新海域

屠殺遊走在幾世紀
人的歷史
魚的歷史
即使到了21世紀
仍爭戰不休
魚毫無話語權
屠殺屠殺
繼續
屠殺屠殺

母性鯨魚

捕鯨人聰明
用母性來獵捕動物
只要捉住小鯨魚
更大更多的鯨魚群即可輕易捕捉
母性是鯨魚的弱點
無論她是否知道人類的陷阱
仍舊死守在小鯨魚身邊
死亡是預料
活剝下母鯨魚的皮肉
殘忍血腥在捕鯨人手上
是否也想起老母親
母性啊母性
母鯨束縛在死亡的魚叉
是否流過淚
問上帝能不生子？

拋棄

拖網漁場網羅
所有所有魚種
海域中
尚未成年幼魚
捕撈上岸後
再丟回大海
拋棄
生命已脆弱無法求生
占全年漁獲總數三分之一
那是1977年舊聞
日後才積極研發新型漁網
喪生魚種比例下降

我們卻一直幻想
餐桌上
鯖魚、柳葉魚、竹筴魚、鯤魚
是漁人只捕獲的獵物
我們卻一直無知

不屬於餐桌的魚種
葬生
自己的原鄉
大海瞬間成為掩埋場

有時丟棄很方便
不會汙染
大魚可吃死小魚
海鳥可吃死小魚
海龜可吃死小魚
看來貼合常理
不過死亡是族群
滅亡之始

大量同種魚群
在同一海域
在同一魚網
被過濾拋回大海

魚屍腐爛的氣味
也會在
同一海域
同一洋流
載浮載沉
無聲抗議

海最後留下悲傷的
詛咒
每一種魚世代即將
滅絕之際
腐爛的血水
鮮紅驚人

海龜

海龜生與死
被水族館保護
海洋外
無法管轄的地方
海龜是生是死
無法定論

海龜常常在漁網
發現
纏繞無法擺脫的網
封死想要的去處
長壽的生命卻可能短暫幾年
人類妄想的長壽
諷刺

海龜生與死
被水族館過度保護
沒有天敵

沒有魚網
沒有生育疑慮
海龜長壽年年
平安被人類想像與圈養

海洋外
無法管轄的地方
海龜是生是死
漁人沒辦法管
只把纏繞魚網的死龜
處理掉
命運在網的一線之隔
諷刺

人把海洋世界刻劃美好
編織絢麗海洋境地
給兒童給父母
孕育下一代永恆的海洋

海龜還活著
　　游在海底
　　游在水族館
　　游在童年的夢

產卵

母龜重回沙灘
溫暖的出生巢穴
她要再次重回
完成生命傳遞的任務
歷經困難
歷經險惡
天敵，必須要小心
持續前進
前進
產卵後，母龜期許
海洋相見
每顆蛋深受祝福
期待破蛋的成長喜悅
爬啊爬
爬啊爬
母龜腳印已消失沙灘
小烏龜依靠本能
朝向海洋氣味母親氣味出發

天敵，必須要小心
持續前進
前進
歷經重重困難
他們背上祝福回海裡
生命意外
在族群數量銳減年代
海龜持續
爬啊爬
爬啊爬
穿越環境匱乏
魚蝦不再停留的棲息地

歸鄉

海龜絕對忠誠
依靠天性的方向感
此地產卵
彼地覓食
相差幾百公里兩地
來回游走
避開螃蟹、海鷗、海鳥侵襲
完成生命傳遞
游啊游
目標清楚
爬啊爬
安全抵達
歸鄉路途遙遠
歸鄉充斥危險
海龜不曾抱怨
不畏困難　　此地產卵
告別故鄉後
繼續她熟悉的日常
彼地覓食

無形殺手

新聞頭條年年報導
首隻黑鮪魚突破多少公斤
慶賀漁人歡呼豐收
為何不報憂
逐年下降的產量
逐年攀升的價格
市場供需不平
嘴嘰嘰喳喳
餵不飽老饕的慾望
也
餵不飽黑鮪魚的食量
沒有足夠底層小魚
沒有適切海洋溫度
黑鮪魚族群
辛苦在隱憂中度日
漁人出售今年最大尾黑鮪魚
生魚握在高價手裡
生魚送到餐廳廚房

生魚吃進饕客滿足
價格一年年攀升
魚群一年年銳減
市場供需不平
嘴嘰嘰喳喳

蝦子拖網漁場

捕海蝦
簡單
蝦子拖網漁場
漁網船豐收把海蝦捕撈上岸
便宜產量多
千萬隻誤入網的海龜
實在抱歉
沒能力救活你們
每年每年
千萬隻海龜墳場
與海蝦共同生活

拿一盒超市冷凍海蝦
抖落手上的冰
比外面天氣低溫
還窒息

閃動銀色光芒

西鯡游在透光海水
銀色鱗片外衣
閃動耀眼光澤
飽滿豐富肉質端在
歐洲餐桌上
香味勾動慾望
捕撈西鯡餵飽歐洲人的胃
變成好幾世紀必備日常
即使在二次大戰
經濟冷酷飲食拮据的年代
某日，總是會到來
鯡魚不再出現
不再大量出現
一股噩耗感染了餐桌上的人
飲食文化面臨洗牌
考驗歐洲人
食慾的記憶
閃動耀眼光澤

銀色鱗片外衣
西鯡游在透光海水

口號

口號

口號
再多的口號
都是一種片面
席薇亞用行動宣告
任何時間
絕非太遲
海洋緊鄰生存周圍
海洋
需要更多保護

預言
再多的預言
都是一種提醒
席薇亞推藍色任務
即使空間
難以達到

海洋影響環境變遷
海洋
需要加速保護

海洋看似簡單
卻沒有想像簡單

復育路途漫長
耗盡，多處海灣上演
海洋正在生病
卻不被多數人看見
魚群
不再現蹤的魚群
絕跡魚種
我們只能做吃魚的夢
再多一些化肥排放
再長一些藻類滋生
死區，無限蔓延海灣

無氧海水
是海洋生物的墳場

我們做著吃魚的夢
末世之前
我們做著吃魚的夢
一同吃下口號
一同吃下預言

苦味生命

想像西鯡到處旅行
回游產卵
跨足好幾千公里
美妙身軀
在海底
恣意覓食成長
漁人的網
總在回游習性中
打撈鯡魚
即使致命
他們仍舊依靠習性
優游
產卵、覓食、成長
短暫生命
關在罐頭裡鋪貨到全球
諷刺浸在醃製鹽
飄出陣陣苦味
生命
在人的嘴卻津津有味

漁夫市集

走在台灣漁港
一條條小漁船，掛有捕撈小卷燈
夜晚出海
白日返港
停泊船隻穿插交會
旁邊漁市熱鬧鼎沸
相互疊起漁村的印象
新鮮漁獲在眼前游走
無論是螃蟹、貝類、海蝦
把新鮮端在等待消費顧客群
走道狹小回聲新鮮活力
漁市集毫無不悅聯想
所有海洋汙染、海龜死亡、過度捕魚
都會在歡樂美好的買賣交易中
銷聲匿跡
壓住了反對聲浪
魚蝦螃蟹能獲得好價錢
現買現煮服務讓饕客享受

宰殺新鮮的即刻美味
小卷現燙服務
小卷米粉餐廳開了一盞盞燈
酥炸旗魚、牡蠣、小卷
走在台灣漁港
濃厚魚蝦小卷蟹類海味
混和
夜晚出海
白日返港
漁人作息工作
循環循環

含笑詩叢30　PG3049

 海洋鄉愁
　　　——楊淇竹詩集

作　者	楊淇竹
責任編輯	吳霽恆
圖文排版	許絜瑀
封面設計	張家碩

出版策劃	釀出版
製作發行	秀威資訊科技股份有限公司
	114 台北市內湖區瑞光路76巷65號1樓
	電話：+886-2-2796-3638　傳真：+886-2-2796-1377
	服務信箱：service@showwe.com.tw
	http://www.showwe.com.tw
郵政劃撥	19563868　戶名：秀威資訊科技股份有限公司
展售門市	國家書店【松江門市】
	104 台北市中山區松江路209號1樓
	電話：+886-2-2518-0207　傳真：+886-2-2518-0778
網路訂購	秀威網路書店：https://store.showwe.tw
	國家網路書店：https://www.govbooks.com.tw
法律顧問	毛國樑　律師
總經銷	聯合發行股份有限公司
	231新北市新店區寶橋路235巷6弄6號4F
	電話：+886-2-2917-8022　傳真：+886-2-2915-6275

出版日期	2024年7月　BOD一版
定　價	280元

讀者回函卡

國家圖書館出版品預行編目

海洋鄉愁：楊淇竹詩集/楊淇竹著. -- 一版. --
臺北市：釀出版, 2024.07
　　面；　公分. -- (含笑詩叢；30)
　　BOD版
　　ISBN 978-986-445-943-8(平裝)

863.51　　　　　　　　　　　113006585